KB037385

해 질 녘 오디션 中

구중회 시집 해 질 녘 오디션 中

1판 1쇄 펴낸날 2021년 10월 29일
지은이 구중회
발행처 (재)공주문화재단
펴낸이 이재무
책임편집 박은정
편집디자인 민성돈, 장덕진
펴낸곳 (주)천년의시작
등록번호 제301-2012-033호
등록일자 2006년 1월 10일
주소 (03132) 서울시 종로구 삼일대로32길 36 운현신화타워 502호
전화 02-723-8668
팩스 02-723-8630
홈페이지 www.poempoem.com
이메일 poemsijak@hanmail.net

ⓒ구중회, 2021, printed in Seoul, Korea

ISBN 978-89-6021-591-7 03810

값 10,000원

해 질 녘 오디션 中

구중회

천년의 시작

시인의 말

어느 시인의 묘비명

나는 '실패한 시인'이다. 그런 까닭에 시는 쉬지 않고 썼지만, 감히 발표할 엄두를 내지 못하였다. 그런데 이번에 공주문화 재단에서 "정직하게 살라"고 지적해 왔다. "실패했다면 실패한 그대로 보여 주라"는 것이다. 무서운 일이긴 하나, 감행하기로 하였다.

시는 마음의 춤이고 그림이며 노래와 다름이 아니다. 내 경우도 마찬가지였다. 말하자면, 나의 시작詩作은 내 삶의 축제 The Koo-Junghoe Festival 현장이었다. 누가, 무엇을, 언제, 어디서, 왜, 어떻게 기획하였는지 모르는 이상한 축제였다. 언젠가 이 축제도 결국 끝이 날 것이다. 그러면 나는 다른 세상의 무엇이 되어 있을 것이다.

이 시집은 유고집으로 꾸며지길 바랐다. 그러나 재단의 충고를 겸허하게 받아들이고, 대학 졸업 동기(나는 또 다른 입학 동기가 있다)인, 전남대학교에서 정년퇴직한 김준옥 교수에게 손질을 부탁했다. 작품 선정, 배치 등 편집을 전적으로 맡기기로 한 것이다. 고맙게도 선선히 응해 주었다. 그리하여 묘안에서 묘 밖의 떠돌아다니는 내 작품의 편린을 미리 바라보게 되었다.

다음은 「허공 비문—무덤이 없을 테니까」이다.

　내내 시인 흉내만 내면서,
　시를 쓰다가 죽은 자여.
　죽어서라도 시와 속살을 맞대고,
　밤새워 질펀한 사랑을 나눌지어다.

해 질 녘에 금강이 바라보이는 서재에서
구중회

차 례

시인의 말

제1부 당신의 일대기

당신의 병원 근처 가을

어찌하다 보니
이파리마다 가을 색깔이 완연하다
작은 바람에도 아프고
가랑비에도 상처가 생긴다

큰 알 작은 알, 흰색 노란색
아침저녁으로 형형색색 약을 먹는다
역시 가을은
병원에서 찾아오는가 보다

친구야,
가을과의 이별 약이 궁금해진다
하늘 한 번 더 쳐다보고
겨울 만나 악수할 힘도 길러야겠다

당신의 일대기

사군자 매화도 스스로 피고
도랑가 개나리도 남모르게 핀다
당신도 그렇게 제 발로 왔지

고 1高— 담임 선생님께
엎디어 엉덩이를 맡겼을 때
내려치는 순간순간
번쩍번쩍 치켜들던 그 웃긴 영상이
떡메 찰지게 내리친
인절미의 기원은 아니었을까

저 혼자
시험도 보고 채점도 하고, 그러다가
몰래 국립사범대학에 들어서서
평생 선생 노릇한 것이
입안에서 아이스크림처럼 사르르 녹는다

석사도 따고 박사도 따고
말 못 하는 몽골에 아카데미도 다녀오고
눈앞에 펼쳐진 수만 개 운동장에서
치열하게 치열하게 출전을 하는 동안

이기고 지는 것이 병가지상사였는데

고장이 났든가, 수명이 다했든가,
아니면 당신의 여름이 갔든가
문득 옷자락 단추 하나가
낙엽처럼 땅에 툭 떨어진다
어느새 가을이 깊었나 보다

'네 잘못이 아니야.'
계절은 누구에게나
녹아서 그냥 아스라이 흐르는 것
떨어져 그냥 흔적 없이 밟히는 것
여행처럼, 영화처럼, 그리움처럼……

당신의 탄생

왜 태어났어요?
엄마가 기다린다고 해서요.

왜 태어났어요?
고향이 있다고 해서요.

왜 태어났어요?
문패에 이름을 새겨야 한다고 해서요.

왜 태어났어요?
술잔에 내 얼굴이 들어 있다고 해서요.

왜 태어났어요?
마지막으로 돌아가야 할 길이 있다고 해서요.

그래서 태어났어요?
예.

당신의 부부

당신이 저의 소유자입니까?
제가 당신의 소유자입니까?

어찌어찌 태어나서
얼렁뚱땅 혼인하고
설렁설렁 아이 낳고
그렁저렁 직장 다니다
비실비실 늙어 가느니……

아아, 우리는 함께
자유로운 영혼이고 싶습니다

당신의 항공로

옛날 선인들은
학을 타고 세상을 나다녔다고 한다

나는 19층 허공의 집,
수직 항공기를 타고 드나든다
2주일도 넘었는데 아직도 수리 중이다

며칠 있으면
새로운 수직 항공기가 뜨겠지
먹고 자고 또 역시 다시 그러고……

매일 맹탕이다
내가 타고 다닐 학이 없으니
항공로라도 빨리 수리되었으면 좋겠다

당신의 연출
—딸아이의 생일을 보내며

네가 새벽 세상에 출연했을 때
조연출이 해의 스위치 넣는 것을 보았다
소위 '해맞이'라는 것이다
물론 어둠이 내릴 때는 달의 조명도 넣었다
해가 차차 지나면서 천지개벽 신화가 벌어졌다
처음부터 너는 누구의 소유가 아니라
태양계 우주 궤도를 자전하는 항성이었지
눈이 부시어 직접 바라볼 수 없는
아, 우리의 주인공이여

당신의 4계

소년 시절,
꽃이 피지 않으면 봄은 아니었지
향기와 어울려 온종일 거닐었지

청년 시절,
분수가 하늘로 솟아오르지 않으면 여름은 아니었지
땅을 딛지 않고 날아다녔지

장년 시절,
나무마다 잘 익은 과일 달지 않으면 가을은 아니었지
지나온 길이 과일 껍질처럼 반질반질했지

노년 시절
차가운 겨울바람이 누군가의 무덤 앞을 지나고 있구나
흙벽 따뜻하게 지필 통나무를 부지런히 켜야겠다

당신의 악기

이빨 하나, 정신 하나 더 빠져
그만큼 몸무게는 가벼워졌네
이제, 당신 부부는 저절로 악기가 되었네
부부는 보수도 못 받는 교향 합창단이 되었네
남자 단원이 아이야야……
여자 단원이 아아이야……

그래도
내일 공연 계획은 수립해야 하리라
무슨 노임이 필요하겠는가

당신의 밤중 콧바람

지금 새벽 2시 반이 조금 지났어요
곁에서 꼼지락꼼지락
저 혼자 사랑을 음미해 보네요
외로움과 그리움으로
쥐가 나는 사랑을

이승의 불가사의
불가사의의 이승

그저께는 공주 정안 밤을 먹다가
어제는 몇 번이나 비둘기와 말을 걸다가
뭉게뭉게 당신의 콧바람을 마셨지요

결국 떠나 버릴 당신의 모습
그래도 남아 있을
당신의 등 굽은 사랑
사랑이 굽은 당신의 등

당신의 검술劍術

원적지인 하늘나라
운명 줄을 끊고
어머니 배 속에 떨어졌다

어느 날 헤엄쳐 나와
다리 아래로 사뿐히 뛰어
오늘도 여기저기 떠돌고 있다

언젠가는
또 검술을 부려
다시 원적지를 찾아가리라

당신의 보물찾기

새벽녘 잠을 깨
내 사진을 꺼내 보았다

소풍을 나와
보물찾기만 했던 생각이 난다

보물찾기로 시간 낭비만 했던 날들이
사진 속에서 마구마구 튀어나온다

날이 바뀌어 집을 나설 때
보물 한 점 찾지 못한 내가 나에게
무슨 할 말이 있을까

당신의 눈동자

거울이나 사진 말고
내가 내 눈동자를
여태 한 번도 본 일이 없다

그런데 요즈음에는
내가 내 눈동자를 본다
모진 바람 눈물에 섞여 나온
내 영혼의 모습을

당신의 또 다른 도로

아침 출근길
집 앞 도로에서
파란 신호를 기다린다

어디로 가는 것일까
성인 개 한 마리가 신호를 무시하고
도로를 가로질러 내달린다

나도 개를 쫓아
도로를 가로질러 간다
나는 어디로 가는 것일까

당신의 숲길 풍경

숲길로 나섰더라

아침에 만난 꿩은 기어가더니
낮에는 하늘로 치솟더라

하오에는 저-쪽에서
노래인 듯 울음인 듯
교태인 듯 성냄인 듯
요란 떨더라

귀갓길에
장끼 한 마리가 내게 다가와
벌써 내려가냐며
슬프게 울음 울더라

당신의 노크

똑똑똑
누군가 문밖에서 문을 두드리면
얼른 일어나 머리도 빗으며

'그래, 가시지요.'
할 수 있을까

이미
할아버지와 아버지는
당신의 눈물로 걸어가셨던 길인데

방 안에 켜 놓은 전깃불 끄고
해야 할 숙제도 그냥 덮어 놓고
잠자리를 예쁘게 정리하고

눈물 닦을 손수건 한 장만 들고
'그래, 가시지요.'
할 수 있을까

당신의 처방

오늘도 약이
또 하나 늘어났다

위장 장애가 있으니
복용법을 반드시 지키라 한다

허허허,
신발을 고쳐 신어야겠다

당신의 이빨

위 이빨을 하나 뽑아냈더니
그래도 살 것 같다

아래 이빨도 욱신거린다
뽑아내면 더 살 것 같을까

조그만 찬물에도
위아래 이빨이 다 시리다

이빨 통증이 사라진 날
부모님 산소 풀이나 뽑아야지

꿈으로 또 꿈꾸기

설마 다음 정류장에서는
차를 세울 기회가 생기겠지요

출구에 불빛 켜서 알리겠어요
계룡산과 금강 물이 마르고 닳도록

바깥 어둠과 눈비가 퍼붓고 뒤덮을지라도
없었던 새로운 들과 길이 생기지 않더라도

불탑 앞에서

내가 그리운 날에
절에 가서 탑 앞에 선다

현미경 속 미립자처럼
내가 거기에 묻어 있으니까

당신의 외통 사랑

'어서 오세요'

차표를 사 놓고 다방에 들렀다
전경이 좋은 자리는 손님들로 넘쳐 있고
벌레가 기어 다니는 구석에 한 자리가 남아 있다

'차는 무얼로 하시겠습니까?'

구석까지 찾아온
주인 마담의 입술이 가슴에 떨어진다

원두커피에 설탕 프림 휘휘 저어
기다림을 잊고 설렘을 넘긴다

느닷없이 목에 걸린 차표
누구도 나에게 떠나는 시간을 묻지 않았다

제2부 당신의 지식 가게

당신의 반려견

어느새 동짓날이다
올해도 얼마 남지 않았다
새해에는 숨 막힌 마스크를 벗고
모두 인사를 나누어야 할 텐데
금강 물은 당신의 반려견처럼 꼬리를 흔들며
세월의 목줄을 달고 흘러간다
무심한 이 시절
무엇을 탓하랴
누구를 탓하랴

길가에 핀 꽃들은 이미 졌다
아직도 이름을 모른다
아마 죽어서도 모를 것이다
꽃들이 당신의 반려견 목줄을 바라보며
아름답다 할 것인가
애처롭다 할 것인가, 아니,
어리석다 어리석다 하겠지
모르고 지나가는 고갯길
누구를 탓하랴
무엇을 탓하랴

당신의 지식 가게
—문자를 기다리며

봄꽃들이
그 향기를 하늘에 바르고
바람에 문자 보내듯
끼니때마다 당신의 손가락이
자판에 날품을 팔며
누군가에게
수없이 허리를 굽힌다

상가 가게 주인은
얼마를 팔아야 본전일까
지식 가게를 운영하는 경영주
그분의 품삯은 얼마나 될까
돈다발로 주나, 쌀가마로 주나
시급인지, 월급인지, 연금인지
그것도 알 수 없으니
목욕하고 기다려 보련다

예산 황새
―새들에게 국경선은 없다

대한민국 예산에서 복제된 황새가
추운 겨울을 피해
바다 건너 대만까지 날아가 머물렀대

그곳 사람들이 자신들의 '천사'가 왔다며
한판 축제를 벌였다는데
TV까지 덩달아 춤을 추었대

황새의 조국은
태어난 대한민국인가
겨울 한철 피해 있는 대만인가
여름에 돌아갈 시베리아인가

사람들의 색안경 속 눈동자
어느 황새가 그 안에서만 날겠는가
예산 황새에게 국경선은 사회적
동물의 영역으로만 보일 뿐이다

망초꽃 대궐

봄이 들면
마음은 아기 대궐

여름 들면
한 길 두 길 내리치는 폭포수

가을 들면
백양사 단풍 같은 그림 한 폭

겨울 들면
하얀 눈밖에 없는 세계

세상에,
그런 절대 무결 춘하추동이
사람에게 있겠어요

사람에게 사계는, 그저
찬란한 연극 각본 자체일
뿐

어느 하루

해가 뜨면 갑자기
세상이 시끌해진다

달이 뜨고 별이 뜨면
언제 그랬느냐는 듯이
천지가 조용해진다

오늘 하루만이라도
세상천지 밤낮을
바꾸어 보고 싶다

층간 소음

다닥다닥 붙어 사는 자작나무 사이에서는
소음이라는 것이 없다

다닥다닥 붙은 아파트에서는
층간에 소음 때문에 위아래 분쟁이 많다

당신의 집 사전에는
아이들, 피아노, 댄스……

당신의 집에는
머리 돌릴 곳조차 없구나

우리가 사는 아파트를
자작나무로 지으면 괜찮을 텐데……

건축 설계

옛날에는 산과 강을 넣어서 집을 지었는데
요사이 집에는 작은 화단 하나조차 보이지 않는다
동에도 서에도 남에도 북에도 모두
집집집집
살아 있는 동안 계약해서 집을 짓는 것인데
주인인 산과 강, 지금 어디로 내몰린 것일까

우리 집 신문 방송에서는 날마다
사법서사와 판검사들의 고성방가가 흘러나온다
에라,
오늘은 이목구비 다 막아 버리고
정화수 펄펄 끓여 목욕이나 해야겠다

어린이날

날씨가 우중충하네요
그래도 비는 안 오잖아

비가 장대같이 쏟아지네요
그래도 태풍은 아니잖아

태풍이 지붕까지 날리네요
그래도 지진은 아니잖아

7~8도 강진이 온다네요
그래도 무덤 속은 아니잖아

5월은 푸르구나
오늘은 어린이들 세상

OX 문제

단도직입적으로 묻겠습니다.
OX로 답을 해 주세요

봄철이 되면 꽃이 핍니까?
여름철도 꽃이 피면 봄입니까?
가을철도 꽃이 피면 봄입니까?
겨울철도 꽃이 피면 봄입니까?
꽃이 피면 별수 없이 봄이라 합니까?

당신의 등잔

전기가 없는
당신의 오지가 있다

중요 재산 목록은
난로와 선풍기

당신의 등잔불은
가슴으로 난로를 피우고
머리로 선풍기를 돌린다

겨울에는 따듯하게 타고
여름에는 시원하게 밝은
당신의 오지

그 오지의 등잔불은
최첨단 진보된 문명

당신의 손 편지

이 푸른 하늘은
누구의 것입니까?

이 산과 강은
누구의 것입니까?

지금
이 시간 이 여행길

도대체 누구의
음악이며 그림이고 의지입니까?

잔인한 꽃순

달빛은 고사하고
어둠조차 모르는 자리에서
꽃순은 혼자 숨어서 아프게 돋아납니다

이빨 틈새로 새어 나오는 소리
솜으로 싸서 핏방울 감추고
꽃순은 혼자 숨어서 아프게 돋아납니다

아, 그 무한한 진통을 겪으며
꼭 돋아야 할 이유도 모르면서
꽃순은 혼자 숨어서 잔인하게 돋아납니다

일조권日照權

클로버 초록 우산 아래, 잔디가 그 어둠으로 덮여 있다. 사정을 제대로 모르는 사람들은 뾰쪽한 창으로 찌르면 되지 않느냐고 말한다. 그러나 일조권을 늘 빼앗긴 처지에 창은 제 몸을 찌르는 무기일 뿐이다. 비가 내리면, 머리를 가려 주지 않느냐고 오히려 들을 수조차 없는 큰소리로 일장 훈계를 한다. 쏜살같이 펼치는 햇빛은 어느 나라나 어느 시기, 어느 누구의 이름으로 재산 등기를 낼 수 없다. 왜 단정하지 못하고 우물쭈물하는가? 나는 어느 나라, 어느 시대, 어느 사람이란 말인가?

초록색 연구

　나무 끝 가지의 초록색과 중간 가지의 초록색, 큰 가지의 초록색. 서로서로 모여서 초록색을 이루며 한 나무 모양을 만든다. 색깔이 같은 초록색이고 같은 나무의 가지들이니 무슨 간극이 있겠느냐, 평범하게 나무 사진을 찍어 가지만. 끝 가지의 동쪽 방향 초록색과 서쪽 방향 초록색은 어느 때는 전혀 다르다. 같은 초록색이라도 아침 해 뜰 때와 아침 새때와 점심, 저녁 해 질 때가 달라 종잡을 수 없다. 아버지와 할아버지, 그 아들과 아내의 시아버지, 도지사와 도민과 대통령과 국민들이 다 다르니 초록색이 무엇인지 잘 모르겠다.

아무래도 권력은 무섭다

아무래도 봄날에는
하늘과 코가 꽃봉오리 부근에서
바로 닿는 일들이 많다
5월로 이끌려 나왔다 하리라

아무래도 여름에는
하늘도 보이지 않게
녹색 이파리들이 겹치면서
7·8월로 이끌려 나왔다 하리라

아무래도 가을에는
하늘이 높이 올라가 빈 하늘
9·10월 추수하는
들녘으로 이끌려 나왔다 하리라

아아, 아무래도 겨울에는
빈 가지 위에 쌓인
흰 눈과 하늘이 서로 만나
무서운 권력이 생긴다고 하리라

신권新券 지폐

　만 원짜리 오천 원짜리 신권이 나왔습니다. 나중에 '돈'이 된다고 줄을 서서 10,000원짜리, 5,000원짜리를 구했습니다. 물량이 적어서 몇 장밖에 못 샀다고 아내가 말했습니다. 나 보고는 그것도 구하지 못했냐고, 지갑 안쪽에 간직하라고. 그런데 한 달도 못 가서 벌벌 떨면서 그 몇 장도 안 되는 10,000원짜리와 5,000원짜리를 다 쓰고 말았습니다. 아내가 줄 섰던 시간들은 이제 담배 연기처럼 사라졌습니다. 신권 번호 10,000번 이내였는데…… 나는 대통령에게 큰소리로 욕설을 퍼부었습니다. 정치를 똑똑히 하라고, 나는 매우 잘하고 있다고.

아이와 동쪽

먼저 동그라미를 그리고 거기에 빨간색을 칠하면, 드디어 해가 뜬다. 산 너머 있는 해는 평생 볼 수 없다. "나, 해 뜬다!"고 소리쳐 봤자, 바람만 한 자락 지나갈 뿐이다. "네 해가 떴다!"고 목이 터져라 소리칠 때 내 해가 마침내 떠오르기 시작한다. 아이야. 해는 우선 동쪽이 있어야 뜬단다. 네가 아직도 사랑하지 못하는 것은 동쪽이 없기 때문이란다.

개나리도 꽃은 핀다

　양력 3월 다 지나가고 음력 3월이 뒤따라온다. 이제 개나리도 꽃봉오리(꽃봉오리라고 말하기 쑥스럽지만 봉오리는 봉오리다)가 맺히겠지. 그래도 일 년 중 한 번은 노랗게 꾸며지는 시기가 부산스럽지 않아도 잔잔하게 박물관(그 근처에 우리 집이 위치해 있다) 주차장 언덕으로 산책을 나오리라. 누가 눈여겨보지 않아도 개나리 꽃봉오리가 피는 시기가 오겠지. 아직도 발설할 수 없는 꽃송이 하나는 기다리겠지.

이끼를 위하여

원시림의 숲속 어두컴컴한 곳
키 큰 나무나 우거진 풀들도 아니고
키라고는 거의 없고 납작 엎드린
이름 없는 이끼류

그래도 키를 키워 빛을 향하여
위로 좌우로 넓히면서 팔뚝을 뻗어 본다
삶은 소중한 것이라고

원시림 숲에 속해 있지만
도시 속 달동네에 사는 사람처럼
원시림 바깥에서도 살고 있다
이름 없는 이끼 종류

할퀸 하늘의 상처 이야기

사마귀가
하늘을 향하여 날아간다

긁힌 하늘의 작은 가루들이
작은 관자 나뭇가지에
내려앉는다

지나가는 사람들
안질에 걸릴까
염려가 된다

길 가는 것이
무슨 죄인가
이렇게 긁힌 하늘 가루를 뒤집었음은

짚신 투어

검정 고무신 대신 흰 고무신 고쳐 신고
여러 날 밤새워 짚신 삼아 주렁주렁 등에 지고
걷고 걸어서
금강산 일만이천봉, 제주도에 당도한다면,
선플라워 유람선을 타고서라도
국토의 막내 울릉도 성인봉까지 올라갈 수 있다면,
맨발에 구두이거나
양말에 샌들이거나
누가 뭐래도
나는 좋다 하리라

쥐 그림

'잘 보면
꼬리가 보입니다'

TV에서
쥐 꼬리 찾기 장면이 나온다

몸통은 굴속에 감춰 두고
우물가에서 숭늉을 찾으라 한다

보아도 보이지 않는 구린 꼬리가
그림 뒤편에서 풀잎을 갉고 있다

제3부 당신의 추억

당신의 가을, 단풍놀이

봄여름 녹음들이
반쪽씩, 반에 반쪽, 반반에 반쪽
그 색깔들이 조금씩 변하면서
찬란한 가을이 왔다
생생한 녹음방초들이
더러는 술에 취하고
더러는 노래 부르고
그러다가 돌아서서
지금은 높고 푸른 하늘에 떠 있다
귀뚜라미는 목이 터져라 가을을 붙잡는데
당신도 녹음방초 다 버리고
찬 겨울이 오기 전에
단풍놀이를 즐겨야지요

당신의 깍깍 까르르

까치내(鵲川) 흥부식당 찾아가는 길
현역 한 사람, 퇴역 세 사람이
한 대의 승용차를 타고
인구 3만이 무너지려는 청양으로
밥 먹으러 간다
꼬불꼬불 꼬부랑 깍깍 까르르

미국 대통령 묘기 부리는 이야기
현각과 혜민의 비행기 여행 시차선 이야기
여성의 속옷 무늬와 화려한 외투 이야기
오후의 길들은
서로서로 날개를 비벼댄다
좌로 우로 아래로 위로 흔들며 흔들리며
지는 저녁 해를 부부처럼 따라간다
꼬불꼬불 꼬부랑 깍깍 까르르

먼저 여행을 떠난 선배
윤강원 시인의 시비가
자기 고향 길가에 서서
노숙자로 손짓하며

지난번 지지난번처럼 또 차를 세운다
꼬불꼬불 꼬부랑 깍깍 까르르

당신의 점심

휴일이라 '손수차림'이라는 식당에서 아내와 외식을 하였다. 아내는 미국산 갈비탕을, 나는 호주산 국밥을 주문하였다. 아내가 갈비 한 대를 주어서 두 가지를 다 맛보았다. 미국과 호주에서 저들의 하늘 아래 땅을 딛고 공기와 물을 마시고 풀을 뜯고 살면서 우리 내외와 만날 생각은 했을까? 내가 읽던 책, 내가 만난 사람들, 그리고 내가 쓴 시들과 우리 가족들의 추억들. 언제 어디에서 어떻게 누구를 만날까? 생각이 깊어지자 집으로 돌아가는 길이 아득해진다.

당신의 추억
—고인이 된 최병두에게

전라남도 강진 칠량 신혼집
첫날밤 원앙침에 독술이 감춰 있다
내가 뻗고, 당신도 뻗고

충청남도 공주 정안천 원두막
당신은 앞에 놓인 짜장면 노란 면발을
지친 젓가락으로 힘없이 휘휘 저었지

인천 납골당 단풍잎 위
물방울 하나로 놓여
흘러 내려오지도 못하고
누구를 그렇게 애타게 기다리시는가

당신의 초파일 거울 보기

진달래가 진달래꽃을 매달듯이
영산홍이 영산홍꽃을 매달듯이
철쭉이 철쭉꽃을 매달듯이
영은사는 연등을 경내에 매달았다

오늘은 초파일
당신은 당신의 거울을 매달아 보시지요

당신의 4박자 춤
—육근철 '넉줄시'를 축하하며

당신의 4박자가
날마다 춤을 춘다

대문을 나서면서
바람을 일으켰다

미국 신문지 위에서도
당신의 춤은 끝없이 이어졌다

당신의 춤은
4박자가 또 다른 4박자를 만들면서
춤사위들이 다투어 산들거린다

매일 당신의 가게는
대박이 난다

어느 개인 운동회

그날, 문득
저녁 하늘에서 별똥별이 하나 떨어지면서
마침내 한 개인 운동회가 끝났다

혼자 운동장을 들여다보니
백군이 있던 자리도
청군이 있던 자리도
그 함성도 모두 지워지고 없었다
그저 운동 종목도
거의 기억이 나지 않았다

오늘은
별똥별을 보던 사람들만 모두 나와 울었다
그 옛날 별똥별들이 떨어질 때
바다에서 파도가 일어났다 사라지듯이

내 운동회가 끝나는 날
3일간의 행사도 그러하리라

오르가슴 당신이

　정사情事에 대하여 잘 아는 사람은 그것이 자주 오지 않는다는 것을 잘 알 것입니다. 그것은 참으로 어쩌다가 오지요. 만해의 임처럼 오지요. 간혹 대낮에, 그래도 새벽녘에 오는 편이지요. 그것이 올 적마다 어느 때는 팬티 바람으로 바깥으로 달려가고 어느 때는 죽어서 멈추고 싶어요. 이제는 그것이 아니 오면 어쩌나 너무 무서워요. 걸어오는 발소리가 없기 때문입니다. 당신의 사진이 없기 때문입니다. 매일매일 당신의 얼굴이 다르니 사진을 찍을 수가 없군요. 평생 한두 장이라도 사진에 담을 수 있을까요. 그것이 오늘도 그리워요. 당신이 있어서 너무 미워요.

어떤 신화

취한 아내가
계단을 내려올 수가 없다고 합니다
아내가 현재 있는 곳은
집에서 200m쯤 떨어진
도로 건너편 식당이었습니다

집 밖이 제법 어둑어둑해졌습니다
남편은 양말조차 짝짝이로 신고
튀어 마중을 나갔습니다
곧바로 도로를 건너 식당으로 갔더니
금방 출발했다고 합니다

다시 구두창을 끌며 도로를 건넜습니다
200m 거리의 어둑한 도로에서
아내를 놓치고 만 것입니다
아파트 열쇠를 가지지 않은
아내를 잃어버린 것입니다

아내는 식당을 나와
바로 도로를 가로질러
남편을 찾았다고 합니다

남편이 도로 건너 아내를 찾았듯이……

남편과 아내는 서로를 찾지 못한 채, 지금
200m 희미한 도로 위에 서서
흔들흔들 흔들리고 있습니다

운동장에서

　운동장을 뛰면서 나는 내 앞에 내 몸무게와 몸집, 나이와 키 등이 비슷한 사람을 따라가게 되었다. 뒤를 돌아보니 또 내 몸무게와 몸집, 나이와 키 등이 비슷한 사람이 따라오고 있었다. 라인 반대쪽을 보았더니 내 몸무게와 몸집, 나이와 키 등이 비슷한 사람이 뛰어가고 있었다. 시간대가 그래서 그런지 운동장에 나와 뛰는 사람들은 나와 비슷한 몸무게와 몸집, 나이와 키 등을 갖고 있었다. 그리 오래된 일도 아니지만, 아버지가 매일 운동장에 나가 뛰었듯이 나도 운동장에 나가 앞서거니 뒤서거니 뛰어가고 있었다. 노란 개나리꽃이 검붉은 가지에 돋아나듯이 4월 하나가 달려가고 있었다.

고향 가는 길 왕사탕 박하사탕

　졸릴 때 운전하려면, 사탕을 입에 물어야 한다. 왼쪽과 오른쪽 입 양쪽에 사탕을 물고 고향을 찾아 나선다. 적어도 왕사탕 3개가 녹아야 내가 사는 공주에서 고향 화산 종리 용수말까지 닿는다. 용수말 입구 둥구나무에 닿으면, 둥구나무가 왕사탕보다 더 큰 왕사탕이다. 외할머니께서는 박하사탕을 좋아하셨다. 고향 가게에 가면 작은 사탕, 중간 사탕, 큰 사탕 등 사탕들이 많다. 흰 사탕, 흙사탕, 하얀 사탕, 백사탕, 황사탕…… 고향에 가는 날은 사탕이 많아야 한다.

오보오ОВОО

너는 우리 어머니 젖이다

내가 젖 먹을 때, 어머니가

남쪽을 보고 앉으면

동과 서가 되는 봉오리

동쪽을 보고 앉으면

남북이 되는 젖 봉오리

나이 들어서도

그 봉오리를 왔다 갔다 하다가

나는 아예 여자에 빠져 버렸다

"사랑은 아프게 하는 게 아니란다."

나는 너무 성적性的인가 보다

Овоо

Чи, ижийн минь мээм буюу

Би ижийнхээ мээмийг хөхнөм

Ижий минь өмнийг харан

суухуид

Дорно хийгээд өрнө болдог

орой

Дорно зүг харан суухуйд

өмнө хийгээд Хойд зүг болдог

хөхний орой

Насны нар хүүшилсэн ч төрхүү
оройд, өөд ирж очингоо

Нэгэнтээ эмэгтэй хүнд автаж
орхивоо, би бээр……

* 『한국에서 온 새 한 마리』, 1997년 울란바토르 출판.

카네이션과 어버이날

어머니와 아버지께 한 송이 꽃을 달아 드리려면 어버이날이 먼저 당도해야 한다. 그다음 길거리에 나가 꽃을 구하면 된다. 어버이날이 아닌 날이면 거리에서 카네이션을 구할 수 없다. 세상에서 제일 좋은 카네이션은 가슴에 꽂히는 카네이션이리라. 그보다 더 좋은 카네이션은 어버이날이 없어도 가슴에 달리는 카네이션 꽃송이. 지금 나는 어버이날도 카네이션도 구할 수 없다. 먼저 어버이날이 있는 데까지 찾아가는 것이 순서일 것이다.

박물관 속의 시화전

시가 그림 속으로 들어가고 그림이 시 속으로 들어갔다. 누가 먼저 들어갔는지, 신혼부부에게 물어봐도 얼굴만 붉어질 것이다. 시와 그림이 박물관 속으로 들어가려 한다. 박물관이 시와 그림 속으로 들어가려 한다. 둘 사이에 서로 만든 상처가 보인다. 아무래도 그들의 사랑은 연습이 필요할 것 같다. 박물관은 너무 건조하여 물기가 없고, 시와 그림은 너무 물기가 많아 상대방을 안아 주기가 쉽지 않다. 몰래 박물관 하나가 빠져나가 어느 시와 그림 속으로 들어가고, 몰래 시와 그림 하나가 빠져나가 전시관 무령왕비 어금니에 박힌다면 얼마나 좋으랴. 박물관에서 빠져나온 박물관장과 시와 그림에서 빠져나온 시인이 맥주 한잔한다면, 얼마나 좋으랴. 시인은 시와 그림 속에서, 박물관장은 박물관 속에서 들떠 나오지 않아 시와 그림 밖에는 시인들이 없고 박물관 밖에는 박물관장이 없다.

비염 선생의 점치기

또 재채기가 난다
바깥에서 누가 내 콧구멍에
침을 놓은 모양이다

'곧 너에게 감기가 왕림하리라.'
참, 고마운 예언이다

재채기를 먼저 보내서
감옥행 질병을 미리 막아 주는구려

세상이란
알고 보면 진기한 박자로다

어리석은 칼 쓰기

연필을 깎기 위하여
칼을 찾았으나 어디에도 없다

찾다가 할 수 없이 부엌으로 가서
열무김치, 배추김치, 고들빼기김치
파와 두부 그리고 야채만 썰던
칼을 들었다

나중에 김치와 채소들이 나를 두고
뭣이라 말할까

오줌똥 못 가리는 놈이라고
팔을 걷고 웃을 것이다

봄날에 가을 사과를 볼 수 있다면

사과나무 그 연두색 한 송이 꽃을
햇빛으로 조준하여 비출 수 있다면

가을의 붉은 사과를
미리 볼 수 있을까요

소문이라도 들을 수 있다면
오늘 가는 길이 얼마나 편안할까요

산책길 이슬

안개 뿌연 양력 8월 중순
신발 끈을 조이고
아침 산책길을 나선다

아직 사람들이 가지 않았는지
풀에 맺힌 이슬이
발길을 촉촉하게 적신다

길은 눈에 보여야 길인데
알 수 없는 길
하늘을 향해 물어보아야겠다

할아버지는 동화

　어머니 따라 건넌들 밭으로 가던 그날 그때의 그림자가 타
향인 여기까지 따라와 하염없이 내 손을 잡는다. 할머니께서
짚불에 삼베를 풀 먹여 말리실 때, 옆에서 바라보던 그림자
도 나를 빠꼼이 바라본다. 버드나무 곁에서는 버들피리를 불
던 그 소리도 오늘 나를 따라온다. 그림자도 나를 따라다니
며 참견을 쉬지 않는다. 내 목도리가 내게만 필요하듯이, 요
즘 젊은이에게는 필요 없는 목도리처럼.

하지감자

아직 눈도 없는 초사흘 달을,
밤하늘 보자기에 담아서 그대에게 보냈더니
운반되는 동안에 점점 자라 눈과 귀가 생겨나고
하늘 보자기에는 다 자란 하지감자가 보인다
어머니께서 푹 익은 하지감자를 내놓으신다

벙어리 소묘

하얗고 작은 토종 민들레
외래종 노란 민들레로 교체될 때까지
그 앞에서 고개 들고
나는 이야기를 꺼내지 못했다

망초가 쫓겨나고
개망초가 들어서서
노란 꽃술로 하얀 꽃잎을 피워도
그 길가에 나가
나는 혼잣말도 지껄이지 못했다

다람쥐가 청설모에 쫓겨날 때까지
호두나무 호두를 따 먹어도
호두나무가 저 혼자
가지를 흔들며 울음을 울어도
나는 아는 체를 하지 못했다

병아리 행진곡

3박 4일 졸업 여행 떠나는 학생들에 섞이어 인솔자로 따라갔다. 챙이 있는 모자 쓰고 파란 선글라스 끼고 동양 훼리 2호로 한려수도 남해 타고 제주도에 당도했다. 항구에서부터 학생들은 다 어디로 달아나고 병아리들만 거리에 몰려다녔다. 민속 마을에 갔을 때 병아리들은 다 커서 울 밖으로 나가고 나 혼자만 병아리가 되어 죽어라 어미 닭을 찾아 헤맸다. 돌탑 앞 마른 풀밭에 덩그러니 남아 수평선으로 지는 해를 바라보며 삐악삐악 울고 있었다.

구걸

목포항 여객터미널 앞에서 실성한 것 같기도 하고 알코올 중독자 같기도 한 중년 사내를 만났다. 뺨에는 마른 피가 엉켜 있었고 국방색 상의는 엉덩이 아래까지 내려와 삐져나왔고 하의는 혁대 아래로 맨살이 보였다. 쉼터 나무 기둥들 사이로 돌아다니며 구걸하고 다닌다. 인생은 모두 탁발승인가 보다.

영구차에서 바치는 노래

꽃으로 치면, 별로 치면, 단풍으로 치면
지금은 낙하 훈련 중입니다.

이 장엄한 순간, 만나 뵈니
행복하고 감사합니다.

일어나 악수할 순 없지만
불어오는 바람에 수의壽衣 깃이 날립니다.

꽃으로 치면, 별로 치면, 단풍으로 치면
지금은 해 질 녘 오디션 중中입니다.

生生의 '꽃송이'가 피는 순간

차성환(시인, 한양대 겸임교수)

    구중회 시인은 우리의 인생과 생활에 대해 누구보다도 솔직하게 그려 낸다. 가볍고 빠른 스케치로 우리 삶의 군상群像을 유쾌하게 데생해 낸다. 삶의 유머humor와 페이소스pathos가 적절하게 버무려져 그의 시집은 맛있는 음식이 한가득 올라온 잔칫상 같다. 소위 '웃픈' 시들이 가득하다. 웃기고 슬픈 것이 우리네 인생이 아니겠는가. "나의 시작詩作은 내 삶의 축제"(「시인의 말」)라고 했듯이, 그의 시는 즐거운 축제로 가득하다. 죽음까지도 한없이 가볍고 홀가분하다. "시는 마음의 춤이고 그림이며 노래와 다름이 아니"(「시인의 말」)기에, 그는 자신의 삶을 자연스럽게 몸의 리듬에 맞춰 흘려보내듯이 시詩를 쓴다. 손끝의 가벼운 붓으로, 편안하고 친숙한 노래에 실어 자신의 삶을 이야기한다. 그렇다고 아무런 긴장 없이 편안하기만 한 것도 아니다. 자신의 삶에서 깨달은 진리를 촌철살인의 필치筆致로 그려 내면서 우리의 폐부를 깊숙이 찌르기도 한다.

목포항 여객터미널 앞에서 실성한 것 같기도 하고 알코올 중독자 같기도 한 중년 사내를 만났다. 뺨에는 마른 피가 엉켜 있었고 국방색 상의는 엉덩이 아래까지 내려와 삐져 나왔고 하의는 혁대 아래로 맨살이 보였다. 쉼터 나무 기둥들 사이로 돌아다니며 구걸하고 다닌다. 인생은 모두 탁발승인가 보다.

—「구걸」 전문

"실성한 것 같기도 하고 알코올 중독자 같기도 한 중년 사내". 시인은 얼굴에는 "피" 흘린 자국에 추레한 모습으로 "구걸하고 다"니는 그 "사내"를 바라보며 "인생"에 대해 생각한다. 저 "사내"뿐만 아니라 우리가 살아가는 지상의 삶은 "모두 탁발승"이 아닐까. 알 수 없는 생의 허기에 쫓기듯이 이리저리 배회하는 우리네 "인생"이 애처롭게 보인다. 누구의 삶이든 험난하지 않는 인생은 없을 것이다. 유약하고 다치기 쉬운 우리는 "작은 바람에도 아프고/ 가랑비에도 상처가 생긴다"(「당신의 병원 근처 가을」). 구중회 시인은 생활 속에서 일어나는 소소한 일상들을 관찰하면서 삶의 깨달음을 적시한다. 말함에 있어서 에두르지 않고 짧은 문장으로 우리의 가슴에

그대로 적중시킨다. 때로는 현실에 대한 비판적 인식을 드러
내기도 한다.

> 옛날에는 산과 강을 넣어서 집을 지었는데
> 요사이 집에는 작은 화단 하나조차 보이지 않는다
> 동에도 서에도 남에도 북에도 모두
> 집집집집
> 살아 있는 동안 계약해서 집을 짓는 것인데
> 주인인 산과 강, 지금 어디로 내몰린 것일까
>
> 우리 집 신문 방송에서는 날마다
> 사법서사와 판검사들의 고성방가가 흘러나온다
> 에라,
> 오늘은 이목구비 다 막아 버리고
> 정화수 펄펄 끓여 목욕이나 해야겠다
>
> —「건축 설계」 전문

   이 땅의 "주인"은 사실 "산과 강"인데 인간이 무분별하게
지은 "집"들로 인해서 땅의 흙조차 볼 수가 없다. 빽빽하게
지어진 "집"들로 인해 "작은 화단 하나조차 보이지 않는다".
이는 서민들의 주거 생활에는 관심도 없이 자신들의 정치적
이권을 위해 "신문 방송에서" "날마다" "고성방가"를 지르는
"사법서사와 판검사들"과 같은 위정자들 때문이다. 인간의

욕심 때문에 "산과 강"이 가지고 있는 자연 본연의 풍요로움
과 아름다움이 질식당하고 있다. 시인은 이러한 작금의 현실
에 따끔한 일침을 가하고 있는 것이다. 더 이상 더러운 꼴은
못 보겠다는 듯이 "정화수 펄펄 끓여 목욕이나 해야겠다"는
마지막 행이 시詩에 위트를 더한다.

> 아직 눈도 없는 초사흘 달을,
>
> 밤하늘 보자기에 담아서 그대에게 보냈더니
>
> 운반되는 동안에 점점 자라 눈과 귀가 생겨나고
>
> 하늘 보자기에는 다 자란 하지감자가 보인다
>
> 어머니께서 푹 익은 하지감자를 내놓으신다
>
> —「하지감자」 전문

"달"이 이울고 차는 것을 보는 것은 큰 즐거움이다. "눈"도
뜨지 못한 것처럼 보이는 초승달("초사흘 달")을 "밤하늘 보자
기"에 싸서 내가 사모하는 "그대에게" 보낸다. "초사흘 달"은
매일 밤 자라나면서 "눈과 귀"가 생기고 한 덩이 커다란 보름
달이 될 터이다. 그것은 누군가에 대한 그리움이고 사랑하는
마음이다. 마치 사랑하는 자식을 먹이기 위해 "어머니께서
푹 익은 하지감자를 내놓으"시는 것처럼, "초사흘 달"은 사
랑이 깊고 깊어 보름달이 된다. "초사흘 달"이 차오르는 것처
럼 어머니의 사랑은 풍성하다. 내가 누군가를 사랑하는 마음
이 "밤하늘"에 뜬 초승달을 보름달로 만들고, "어머니"가 자

식을 아끼고 사랑하는 마음이 "푹 익은 하지감자"를 만든다. 이제 "달"은 사랑의 증표이다. "달"이라는 자연물과 "하지감자", 인간의 마음이 다 같이 서로 어우러지는 아름다운 장면이다. 아마도 시인의 어린 시절 경험이지 싶다. 마당에 앉아 밤하늘에 뜬 휘황찬란한 보름달을 바라보며 가족들과 함께 뜨거운 김이 모락모락 올라오는 "하지감자"를 호호 불어 먹는 모습이 눈에 선하다.

봄여름 녹음들이

반쪽씩, 반에 반쪽, 반반에 반쪽

그 색깔들이 조금씩 변하면서

찬란한 가을이 왔다

생생한 녹음방초들이

더러는 술에 취하고

더러는 노래 부르고

그러다가 돌아서서

지금은 높고 푸른 하늘에 떠 있다

귀뚜라미는 목이 터져라 가을을 붙잡는데

당신도 녹음방초 다 버리고

찬 겨울이 오기 전에

단풍놀이를 즐겨야지요

　　　　　　　　　　　　　—「당신의 가을, 단풍놀이」 전문

우리의 삶은 얼마나 잠깐인가. "녹음방초綠陰芳草", 여름철의 푸르게 우거진 나무와 향기로운 풀은 순식간에 시들어 간다. "봄여름 녹음들"의 싱싱한 젊음을 즐기던 때도 금방이고 이제 그 청춘의 "색깔들이 조금씩 변하면서/ 찬란한 가을이 왔다". 지나간 여름날이 아쉽다고 자꾸 뒤돌아볼 일도 아니다. 자연의 진경인 "녹음방초"의 아름다움이 "지금은 높고 푸른 하늘에 떠 있"기 때문이다. 지나간 청춘을 계속 되돌아보고 매달린다면 지금 "가을"의 아름다움을 충분히 느끼지 못하리라. "귀뚜라미"는 그 사실을 잘 알기에 지금의 "가을을 붙잡"기 위해 "목이 터져라" 노래 부른다. 정신 못 차리면 지금의 "가을"도 순식간에 지나가 버린다. 이미 지나간 "녹음방초"의 "봄여름"은 놓아 버리고 당장 눈앞에 있는 "가을"날을 즐기시라. 우물쭈물하다가 "찬 겨울"이 닥치고 그러면 이 아름다운 "단풍놀이"도 놓치게 될 것이다. 시인은 말의 돌림 없이 화통化通하다. 시원시원하게 언어를 부려 놓으면서 그 시詩는 자연의 단순하면서도 오묘한 이치와 통通한다. 사계절은 우리 인생에 대한 비유가 아니겠는가. 과거에 얽매이지 말고, 미래에 대한 걱정에 시달리지 말고, 지금 당장의 네 인생을 충분히 만끽하면서 살아 내라는 시인의 전언은 힘이 있고 당차다. 인생의 주기를 계절에 빗대어 말할 때, "가을"은 노년에 당도하기 전의 중장년을 뜻한다. 어쩌면 이 시는 구중회 시인이 인생의 "가을"을 맞이한 자신에게 스스로 건네는 말일 수도 있겠다. 그런 탓일까. 시집『해 질 녘 오디션 中』에는 죽음에 대한 시詩들이 유독 눈에 많이 띈다.

꽃으로 치면, 별로 치면, 단풍으로 치면
지금은 낙하 훈련 중입니다.

이 장엄한 순간, 만나 뵈니
행복하고 감사합니다.

일어나 악수할 순 없지만
불어오는 바람에 수의壽衣 깃이 날립니다.

꽃으로 치면, 별로 치면, 단풍으로 치면
지금은 해 질 녘 오디션 중中입니다.

—「영구차에서 바치는 노래」전문

　이 시는 시집의 마지막에 수록된 작품으로, 시인이 미래
에 자신의 죽음 이후를 상상하며 쓴 작품이다. 자신을 마지
막 배웅하러 온 사람들에게 남기는 유언처럼 "행복하고 감사
합니다"라고 말을 건네는 시인. 시인은 나뭇가지에 핀 "꽃"
이 수명을 다해 바닥으로 떨어지는 장면을 보다가 문득 죽음
을 떠올렸을 것이다. 모든 생명이 태어나면 죽음으로 스러지
듯이, 우리의 삶도 마찬가지이다. "꽃"과 "별"과 "단풍"이 저
공중에서 저만의 아름다운 빛깔을 뿜어내며 존재하지만 어느
순간 그 빛을 잃고 지상으로 추락한다. 우리는 보통, 죽음은
모든 것의 종결이고 고통스러운 것으로 인식한다. 하지만 시
인은 다르게 말한다. "꽃"이 지는 모양처럼 '나'의 죽음은 "낙

하 훈련"과 같다. 곧 죽음은 "내려가며 나는 중"이고 "장엄한 순간"이다. 생이 소중하듯이 죽음도 소중하다. 죽음이 이렇게 가볍고 초탈할 수 있을까.

그날, 문득
저녁 하늘에서 별똥별이 하나 떨어지면서
마침내 한 개인 운동회가 끝났다

혼자 운동장을 들여다보니
백군이 있던 자리도
청군이 있던 자리도
그 함성도 모두 지워지고 없었다
그저 운동 종목도
거의 기억이 나지 않았다

오늘은
별똥별을 보던 사람들만 모두 나와 울었다
그 옛날 별똥별들이 떨어질 때
바다에서 파도가 일어났다 사라지듯이

내 운동회가 끝나는 날
3일간의 행사도 그러하리라
——「어느 개인 운동회」 전문

일찍이 천상병 시인은 「소풍」이란 시에서 "나 하늘로 돌아가리라/ 아름다운 이 세상 소풍 끝나는 날/ 가서, 아름다웠더라고 말하리라"고 적었다. 구중회 시인에게는 이 아름다운 세상이 "백군" "청군"이 응원하는 커다란 "함성"이 울리는 "운동장"으로 보였나 보다. 신나게 뛰고 구르고 웃고 울며 보낸 한 생生은 마치 "개인 운동회"와 같다. 하지만 떠나갈 때는 "모두 지워지고 없"어질 생이다. 죽음은 "그날, 문득" 갑자기 찾아온다. "별똥별" "하나" 지듯이, 한 사람의 생명도 같이 스러진다. "그 옛날 별똥별들이 떨어질 때/ 바다에서 파도가 일어났다 사라지듯이" 자연 속 한 개체의 죽음은 다른 생명들과 분리되어 있는 것이 아니라 서로 긴밀하게 연결되어 있다. "별똥별"의 죽음으로 "바다"에 "파도"가 이는 것처럼, '나'의 죽음을 지켜보고 우는 "사람들" 또한 다 같이 슬퍼하고 공명하는 것이다. 한 생生이라는 이 즐거운 "운동회"가 끝나면 "3일간의 행사"인 장례식도 시끌벅적하리라. 구중회 시인은 모든 살아 있는 존재에게는 "마지막으로 돌아가야 할 길"(「당신의 탄생」)이 있다는 것을 끊임없이 환기시킨다. 죽음은 항상 우리와 함께하고 있다. 그러기에 한 번 뿐인 이번 생은 무엇보다도 소중하고 내내 즐거워야 한다고 노래한다.

양력 3월 다 지나가고 음력 3월이 뒤따라온다. 이제 개나리도 꽃봉오리(꽃봉오리라고 말하기 쑥스럽지만 봉오리는 봉오리다)가 맺히겠지. 그래도 일 년 중 한 번은 노랗게 꾸며지는 시기가 부산스럽지 않아도 잔잔하게 박물관(그 근처에 우

리 집이 위치해 있다) 주차장 언덕으로 산책을 나오리라. 누
가 눈여겨보지 않아도 개나리 꽃봉오리가 피는 시기가 오겠
지. 아직도 발설할 수 없는 꽃송이 하나는 기다리겠지.

　　　　　　　　　　　　　　—「개나리도 꽃은 핀다」 전문

"개나리"는 다른 화려한 봄날의 꽃들에 비해 수수하게 보
여 "누가 눈여겨보지 않"지만 "일 년 중 한 번은 노랗게" 피어
나는 생을 위해 추운 겨울을 인내하며 지나왔을 것이다. 시
인은 어서 빨리 그 "개나리 꽃봉오리"를 보고 싶어 한다. 그
탄생을 축복하기 위해 벌써부터 설레는 마음으로 "산책"하러
갈 생각에 들떠 있다. 아직은 이른 시기이기에 "아직도 발설
할 수 없는 꽃송이"이지만 "개나리" 또한 간절히 세상에 꽃
피기를 기다리고 있을 것이다. "개나리"에 "꽃봉오리"가 맺
히는 순간을 기다리는 마음은 삶에 대한 무한한 사랑과 신뢰
에서 비롯된다.

이 "꽃봉오리"를 기다리는 마음이 구중회 시인의 시詩를 이
룬다. "진달래가 진달래꽃을 매달듯이/ 영산홍이 영산홍꽃
을 매달듯이/ 철쭉이 철쭉꽃을 매달듯이"(「당신의 초파일 거울 보
기」), 그렇다. 시인은 시를 매단다. 구중회 시인은 자신이 살
아오면서 얻은 삶의 지혜들을 아무렇지도 않은 듯이 힘 부리
지 않고 툭툭 던져 놓는다. 시집 『해 질 녘 오디션 中』에 매달
은 한 편 한 편의 "꽃송이"들을 들여다보면서 우리는 삶의 애
환을 경험할 수 있을 것이다. 그의 시詩는 무엇보다도 소중
한 우리의 일상 속에서 잔잔한 감동을 길어 올린다. 그의 가

녑고 유쾌한 보폭을 따라가 보자. 바쁜 일상에 쫓겨 보지 못
했던 삶의 아름다움이 활짝 피어날 것이다. 이윽고 흐뭇하게
미소 짓고 있는 당신을 보게 될 것이다.